# 馬丁、瑪莎，還有夏婆婆

文・王淑芬
圖・許珮淨

# 目錄

# 01 月光下的池塘

馬丁是哥哥，喜歡看書，看到有趣的段落會大笑出聲，讀到感傷的段落則會安靜的沉思；妹妹瑪莎五歲，有一頭捲髮，她常對著鏡子說：「我開心得頭髮都捲起來啦。」或是「我生氣得頭髮都捲起來啦。」

兩個人的喜好不太相同。

馬丁愛吃鹹的，瑪莎愛吃甜的；馬丁喜歡藍色襪子，瑪莎喜歡黃色帽子。雖然兩個人興趣大不同，但有件事卻一樣，就是對住在隔壁的夏婆婆很好奇。

夏婆婆一個人住，養了隻名叫「胖比」的小狗。夏婆婆到底幾歲？馬丁猜：「應該有八十歲了吧，她的臉上有許多皺紋。」瑪莎說：「可能一百歲，她有許多白頭髮。」

「夏婆婆才七十歲而已。」媽媽被逗笑了。

馬丁覺得七十歲好老啊，像是後院的老榕樹，風一吹，樹上細長的鬍子便在風中飄呀飄的。

此外，馬丁還有個疑問：「不知道夏婆婆的脾氣好不好？會不會倚老賣老？」這是他最近從書上學到的成語，意思是有些老人自以為年紀大、閱歷豐富，別人都該聽他的。

這一天，爸爸要馬丁和瑪莎幫忙在後院挖個小池塘，因為媽媽想在池塘上養小鴨子。馬丁說：「還能養魚。」瑪莎說：「也可以養烏龜。」

夏婆婆不知道什麼時候也來了，發表意見：「池塘裡種荷花挺不錯。」

馬丁小聲對瑪莎說：「倚老賣老。」

夏婆婆又說：「不適合養鴨子，我小

時候被鴨子啄過，疼。」

瑪莎吐吐舌頭，學哥哥說：「倚老賣老。」

可是爸爸卻點頭說：「有道理。養鴨子有太多雜事得處理，誰負責清理衛生，誰負責餵食？」媽媽贊成，因為她想起自己根本沒空照顧一隻鴨子。

「其實，最好什麼都別養。空無

一物，只有一池清水，多好。」夏婆婆還有意見。

馬丁與瑪莎聽不懂。爸爸笑著回話：「謝謝夏婆婆。」

忙了好一陣子，小小的池塘總算完工。雖然小，但是當注滿水，陽光映在水面，光點晃動時，池塘瞬間成了美麗風景。

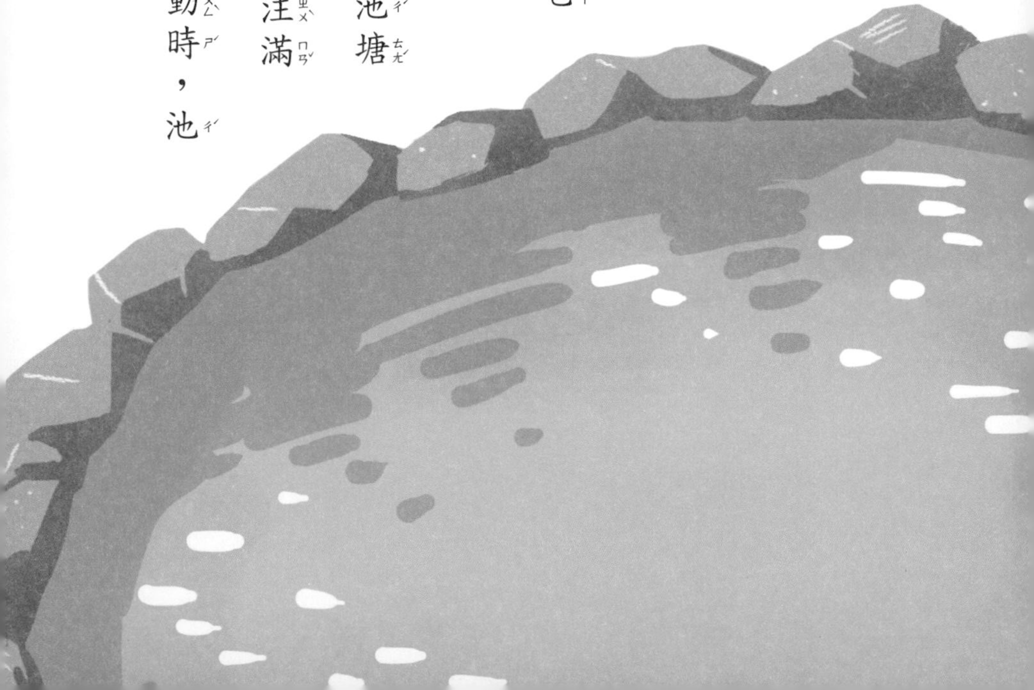

馬丁一家透過廚房的窗口望著小池塘，覺得心情真愉快。

夏婆婆忽然出現在窗前。馬丁說：「池塘挖好了！」瑪莎也報告：「明天我們就去買小魚與烏龜，讓牠們在池塘快樂玩耍。」

夏婆婆一邊把烤好的蛋糕放在窗臺，一邊說：「你們的池塘，養什麼跟我沒關係。」然後就走開了。

那個晚上，什麼都還沒養的池塘，水面像鏡子，月光就在鏡子上安安靜靜的躺著。

更晚一點，池塘邊有個影子，是夏婆婆，她靜靜的看著池塘。也許，她想起很久以前的老家也有個池塘，也有月光。那個遙遠的池塘，可能

什麼都沒養；或是，曾經有，但如今什麼都沒有了。

馬丁和瑪莎還沒睡，他們站在廚房邊，看著月光下、池塘邊，夏婆婆一個人站著，胖比在她腳邊也默默站著。

# 02 夏婆婆的小時候

風輕輕吹著，馬丁與瑪莎閒坐在池塘邊，看著池塘中的一隻鯉魚、一隻烏龜。本來也想養隻小鴨，但是媽媽考慮到夏婆婆可能受不了吵鬧，於是放棄。

「夏婆婆老了，不知道耳朵還聽得清楚嗎？」瑪莎疑惑著。

才一說完，夏婆婆也端著椅子走過來。馬丁小聲說：「我確定夏婆婆什麼都聽得一清二楚。」

瑪莎說：「夏婆婆，我們正在為小魚與烏龜取名字。您有建議嗎？」

夏婆婆坐下來，馬上有答案：「最好的名字，當然就是平安與快樂。小魚快樂，烏龜平安。」

馬丁明白夏婆婆的意思：「夏婆婆，您覺得世界上最重要的就是平安快樂，對吧？」

瑪莎的答案卻是：「我覺得世界上最重要的是頭髮不要太捲，捲得我頭都疼啦。對了，跟好朋友一起玩，也很重要。」她問夏婆婆：「您小的時候，最要好的朋友是誰？」

「唉呀，太多了。我小時候有個鄰居叫三白，他的皮膚白、衣服白，回家功課也一片空白，因為他懶得寫，哈哈。」夏婆婆說起童年，簡直欲罷不能，又補充：「我還有個小學同學，每天都和我交換中午的便當

菜，她的爸爸是大飯店的主廚，炸的排骨真香啊。」

夏婆婆舔了舔嘴唇，彷彿還留著當年的餘香。

馬丁也報告自己的故事：「我們班也有個三白。老師問話，他翻白眼；同學向他借鉛筆，他翻白眼；聽到我說故事，他更是大翻白眼。」

瑪莎舉例證實：「還有一次，我到馬丁班上借故事書遇見三白，他還笑我大捲頭，我氣得頭髮更捲了。」

夏婆婆摸摸瑪莎的頭髮說：「我小時候，很羨慕一頭捲髮的同學呢。三年級的班長有一頭長捲髮，上體育課時，風一吹，她的捲髮像風中的波浪，好美。我向媽媽要求將頭髮也燙成一個個小漩渦，她卻不答應。」

夏婆婆不但有小時候，她也有個會對她搖頭的媽媽。馬丁覺得眼前的夏婆婆笑得像個孩子。

「夏婆婆，您小時候的那個三白，後來怎麼了？」馬丁問。

夏婆婆輕輕嘆口氣，揉揉眼角，是風將小塵粒吹進眼裡，流淚了嗎？

「我已經幾十年沒有小學同學的消息了。」夏婆婆說。

「但是上個月，有人跟我說，他……」

瑪莎瞪大雙眼，緊張的問：「該不會……」

夏婆婆笑了：「沒事，據說三白準備召開同學會。」

老公公、老婆婆們的小學同學會聽起來有些奇怪，大家會認得彼此嗎？

池塘裡的小魚忽然拍拍魚尾，跳出水面，激起一陣漣漪。馬丁與瑪莎頓時忘了夏婆婆的同學會話題，低頭專心看著魚兒玩水。

馬丁說：「小魚怎麼了，為什麼忽然跳起來？」

瑪莎說：「因為夏婆婆幫牠取了個好名字，所以很快樂啊。」

夏婆婆望著池塘裡的小魚，她會去參加同學會嗎？

# 03 帶著一二三去旅行

鎮上有家戲院，最近正在上演舞臺劇《帶著一二三去旅行》，看過的人都說：「情節真感人，值得來觀賞。」

馬丁與瑪莎真的好想看啊。可是，他們的零用錢已經拿來買小魚與烏龜了，得等到下個月才有錢買票。他們每天走過戲院，都失望的看著海報。瑪莎還嘆口氣

小鎮戲院
帶著
去旅行
帶著
去旅行

說：「我傷心得頭髮都捲起來啦。」

至於劇名為什麼叫做《帶著一二三去旅行》？馬丁猜：「一個皮箱、兩件衣服、三張車票。」瑪莎的想法是：「一把牙刷、兩條手帕、三條毛巾。」但是他們對彼此的答案都不滿意。

這一天放學後，他們又手牽手走到戲院門口。負責賣票的玲姐姐說：「我先借錢給你們吧。」馬丁連忙搖頭：「爸爸不准我們隨意借錢。」

瑪莎有了新的點子：「馬丁，我們可以偷偷跟在大人背後，悄悄跟進去看。」

馬丁瞪她一眼：「不行，我們不是小偷。」

「唉，我急得頭髮都捲起來啦。」瑪莎也覺得「偷看戲」這方法不好。

「我們自己來賺錢買票吧。」馬丁忽然有了靈感。

兩個人討論了一個晚上，想出一個絕佳的賺錢妙方——演戲給別人看。

瑪莎高興得頭髮更捲了：「好耶，我負責賣票，你來演。」

他們在戲院外的小廣場上，擺上一張小桌子；桌上

擺著紙箱改造的小戲臺，加上馬丁摺的紙偶，準備演出「迷你指偶劇」。

馬丁因為喜愛看書，知道許多故事，正好可以演出給其他小朋友看。

聽到消息的小孩們，一個個端著小椅子，都想來觀賞馬丁的戲。瑪莎大聲提醒著：「請先買票，一個人十元。」

小朋友們搖搖頭，搬起椅子，垂頭喪氣的走開。有的說：「我沒錢。」有的說：「我的零用錢是用來買牛奶的。」

馬丁的戲臺前空蕩蕩的，瑪莎準備收錢用的罐子也是。兩個人面對面，大大的嘆了口氣。

正當馬丁站起身，開始收拾指偶時，小朋友們忽然又端著椅子回來了，還興高采烈的將手中的十元銅板交給瑪莎。

瑪莎的罐子叮叮咚咚的，真響亮！馬丁的眼睛也高興得發亮，他坐下來，拿起指偶，大聲的開始說故事：「就在不遠的地方，有個頭髮很捲的小女孩，名叫瑪莎小公主……」

馬丁真行，還會自己編故事；小朋友們都聽得津津

有味，眼睛張得又大又圓。

不遠的地方，樹下有個婆婆也聽得入神，原來是夏婆婆呢。她的皮包裡，剛才裝滿十元銅板，現在，則空蕩蕩的。

馬丁繼續說第二個故事，他說：「有個老婆婆出門，準備帶著一二三去旅行……」

臺下的小朋友們問：「一二三是什麼？」

「一顆善良的心，兩隻好奇的眼睛，以及三個互相幫忙的好朋友啊。」

大家都點頭說：「原來如此。」

M

# 04 鄰居訪談表

才一回到家，馬丁就連忙從書包裡取出一張紙，大叫著：「緊急事件！」

原來，今天的回家功課，是完成「鄰居訪談表」。

老師說現代人已經失去敦親睦鄰的美好風氣，於是功課是：希望由父母陪同，找機會拜

訪鄰居，以增進鄰里間的感情。

爸爸回家後，打電話給夏婆婆，徵求她的同意，希望能在這個周末邀請夏婆婆到家裡一起吃飯，順便進行訪問。

沒想到電話那一頭，傳來夏婆婆的大嗓門：「不行！」馬丁與瑪莎都睜大眼睛，連媽媽都嚇了一跳。

「不可以到你家。」夏婆婆的嗓門真大，全家都聽得一清二楚。

「想訪問我，就到我家來。」

於是，星期天，馬丁與瑪莎一起到夏婆婆家；這是兄妹倆第一次上門。

「請進。」一打開門，馬丁與瑪莎就聞到了一股蛋

不行～

糕的香氣，原來是夏婆婆烤了橘子蛋糕呢，胖比又叫又跳的也奔過來歡迎。

夏婆婆端來蛋糕及兩杯熱牛奶，還為自己泡

了咖啡。然後坐下來說：「開始訪問吧。」

「第一題，請問您的職業是什麼？」馬丁唸著訪談表上的題目。他一直很好奇，夏婆婆從前做什麼工作？

夏婆婆卻說：「要說哪一個？我做過的工作，有吃的、穿的、寫的、飛的、還有講個不停的。」

原來，夏婆婆的職業不只一個，而且聽起來好像很精采。

瑪莎一面吃蛋糕，一面說：「我還以為夏婆婆一直

在家煮飯呢。」

「第二題，您小時候的願望，長大後有實現嗎？」

夏婆婆笑著說：「這一題太難了，我已經不記得小時候有沒有願望了。你們有嗎？」

瑪莎搶先說：「我的願望是頭髮不要太捲，剛剛好就好。」

馬丁說：「我長大想當外交官。」

「第三題，您現在最大的煩惱是什麼？」

夏婆婆喝了一口咖啡，說：「我沒有煩惱啦，我又不是小孩。」

瑪莎也有問題：「夏婆婆，您的家

人呢？為什麼一個人住？」

看來這個問題夏婆婆不太想答，她喝掉最後一口咖啡，只說：「有的走了，有的在國外。」還說：「自己住才好，自由。」

夏婆婆家中的客廳牆上掛滿相片，上排的每一張都是大合照，應該是她的家人吧，相片中的夏婆婆笑得很開心。下排只有夏婆婆與胖比，照得歪歪斜斜的，可能是自拍。

夏婆婆切了一大塊蛋糕請他們帶回家，說：「自己住的唯一缺點，就是烤的蛋糕永遠吃不完。」

瑪莎問：「只有一個缺點？」

夏婆婆想了想，又說：「有一次我扭傷腳，無法出門，冰箱卻空空的。好吧，自己住有兩個缺點。」

「只有兩個缺點？」

馬丁覺得自己根本沒辦法一個人住，因為有太多缺點。例如，沒有瑪莎聽他說故事，他滿肚子的故事要說給誰聽？

夏婆婆看起來好像有點煩惱了。馬丁想，第三題應該怎麼寫才好？

# 05 馬丁買一送一

這一天，馬丁在家門口掛了牌子，上面寫著：「一日商店！不管買什麼，全部買一送一。」

原來，前幾天馬丁跟著爸爸媽媽整理屋子，清出許多已經不再使用的物品，準備舉辦二手物大拍賣，這是愛惜物資的好方法。

一日商店！
不管買什麼
全部
買一送一

迷

瑪莎拉拉自己的捲髮，疑惑的問：「買一送一，這樣會賠錢吧？」

馬丁卻笑著說：「保證不會，而且大家會買得很開心。你想當副店長嗎？請站在門口幫忙招呼客人吧。」

瑪莎太開心了，在門口大聲幫忙宣傳：「買一送一，歡迎參觀。」

第一個上門的是鄰居夏婆婆，她走進去東瞧西瞧、東翻西揀，最後雙手空空的走出來。

瑪莎有點失望的問：「夏婆婆，您為什麼都沒買？」

夏婆婆抱著小狗胖比，搖頭說：「因為我什麼都不缺。」

幸好，接下來馬丁的好友小安買了一盒全新的蠟筆；姑姑買了一包馬丁小時候的積木，要給小表弟玩。還有人買了媽媽種的蘋果一袋、爸爸的一套工具箱，以及瑪莎的一本立體書。

看著大家陸陸續續走出來，全都眉開眼笑，瑪莎也

跟著高興的繼續招呼：「快來參觀選購，全部買一送一。」

瑪莎忽然想起一件事，不是買一送一嗎？為什麼剛才她看到的，是小安抱著一盒蠟筆、姑姑抱著一包積木？買

汪♥
汪！
汪♥

一，怎麼沒有送一？

小安卻說：「是買一送一沒錯。」姑姑也說：「是買一送一啊！」連抱著一袋蘋果走出來的阿姨也笑咪咪說：「真的是買一送一，很划算。」

夏婆婆聽見了，又走過來說：「我來找找有沒有適合胖比的東西。」

馬丁立刻大力推薦：「買這顆小球，可以讓胖比追著玩喔。」

夏婆婆想了想，覺得這個主意不錯。但是，她還有問題：「買一送一，是不是買了這顆球，再送一顆球呢？」

馬丁回答：「不是加送一顆球，比球更好。」

結果，馬丁說的贈禮，顯然讓夏婆婆非常滿意，笑咪咪的抱著胖比與一顆球走出去了。

「連夏婆婆都買啦？」瑪莎在門口忍不住了，她大聲問：「馬丁，我也可以買一送一嗎？」

「請進，我將最好的東西留給你了。」馬丁也大聲回應。

瑪莎的眼睛亮了起來：「真的？是什麼好東西？」

「是……」馬丁指了指自己。「是我啊，而且免費。」

「如果買一個你，要加送什麼？」瑪莎還有疑問。

馬丁回答：「買一個白天的我，再送一個晚上的我。」

「所以，剛才你送的全是……」瑪莎好像懂了。

馬丁笑呵呵：「沒錯，買一盒蠟筆，送一個馬丁，這樣才有朋友跟你一起畫畫。」瑪莎也笑了：「買一袋蘋果，送一個馬丁，這樣烤好蘋果派，才有朋友跟你一起享用。」

「是的是的。」馬丁不斷點頭。

夏婆婆一定也喜歡胖比玩球時，有馬丁在草地陪胖比一起追追跑跑吧。

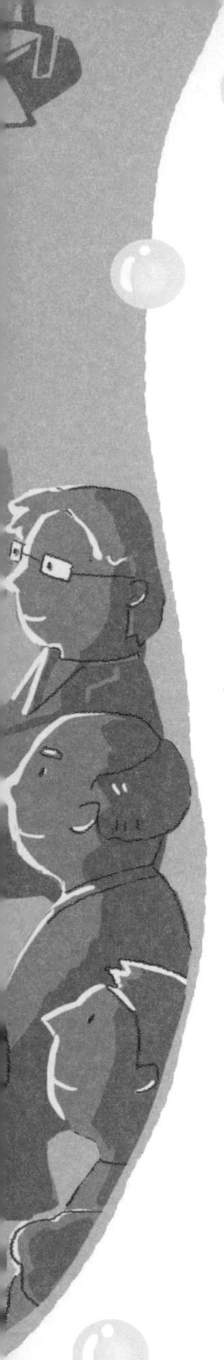

# 06 瑪莎想演戲

世界上瑪莎最喜歡的事，便是和哥哥馬丁一起玩。

至於第二喜歡的事，就是站在舞臺上，表演給許多人看；不過，目前為止，這件事只是個夢想，尚未實現。

灰姑娘
主演
瑪莎

「因為，我太害羞了。」瑪莎對著鏡子，唉聲嘆氣。「一站上舞臺，我就會害羞得說不出話。」

放學時，馬丁牽著瑪莎的手，經過鎮上的戲院。馬丁忽然瞪大眼睛，叫出聲來：「瑪莎妳看！戲院門口貼著海報。」

海報上寫著：「徵求一位五歲小孩來演出下一檔舞臺劇的主角。」

瑪莎不認得字，馬丁為她解釋：「五歲小孩，指的就是妳啊。你快去報名，我覺得你很適合演主角，因為你的捲髮很有特色。」

馬丁還幻想著——瑪莎的精采演出將一炮而紅，於是會有廣告公司邀她拍片，每天在電視上播出。他們家將有吃不完的巧克力、穿不完的運動鞋……

馬丁鼓勵瑪莎：「明天我帶妳去參加試鏡。」

瑪莎的心撲通撲通跳得好快。她在戲院海報前一聽到這則消息，先是興奮極了；等到回到家，想著想著又

緊張極了。

「可是，說不定主角必須背九九乘法，我不會。」瑪莎試著找理由：「或是，主角必須會翻跟斗，我更不會。」

馬丁摸摸瑪莎的捲髮：「不必擔心，剛才我打電話去問過玲姐姐了。她說

主角只需說好臺詞，不必翻跟斗。」

瑪莎皺起眉頭：「臺詞？」

馬丁說：「別擔心，我可以幫妳練習。」

可是，問題不在背臺詞啊。

隔天，馬丁拉著瑪莎進戲院。一看見有十幾位小朋友正等著導演試鏡，瑪莎害怕得頭髮更捲了。

「馬丁，我們回家吧。」

「可是，妳一直很想演戲。」馬丁不明白為什麼瑪莎的熱情消失了。

瑪莎鼓起勇氣，終於承認：「其實，我在陌生人面前很害羞。一站上舞臺，我應該會一句話也說不出來。」

原來如此。馬丁安慰瑪莎：

「沒關係，將來一定還有別的機會。」

馬丁問擔任助手的玲姐姐：

「請問，劇本中有沒有害羞的角色？瑪莎可以演。」

玲姐姐笑著說：「目前的劇本裡沒有。」

瑪莎低著頭，依依不捨的往戲院外走。兩個人默默的走回家，看著瑪莎有點想哭的樣子，馬丁沒說話，只是拍拍她的肩。

「等一下！」

戲院的玲姐姐氣喘吁吁的追上兩兄妹。「瑪莎，妳還想上臺演出嗎？」

馬丁提醒：「可是，瑪莎會害羞。她一句臺詞都說不出來。」

玲姐姐說：「沒問題，導演已經改劇本了。這部戲還需要一位害羞的配角。從頭到尾只要害羞的站在臺上就行。」

瑪莎的心又撲通撲通跳得好快，她可以！

新戲上演的那一天，鎮上的人都去觀賞；大家都說：「從來沒見過這麼害羞的配角，這部戲真是太成功了。」

擔任導演的夏婆婆也在幕後一直點頭微笑。

# 07 夏婆婆家怎麼了？

星期天一向是馬丁的賴床日，可以享受不必急忙出門的悠閒。瑪莎也賴在另一張床上，她張開眼睛，懶洋洋的說：「馬丁，說十個故事給我聽吧，星期天大贈送。」

馬丁忽然從床上跳起來，開口說：「有個捲髮小公

主……哎呀，那是什麼聲音？」

「好像是夏婆婆家傳來的。」瑪莎也聽見了，兩個人奔到窗邊，看著夏婆婆家。

只見胖比在夏婆婆家門口又叫又跳，興奮得很，有個阿姨手裡捧著一大束鮮花，正在跟屋內的夏婆婆說話。不一會兒，夏婆婆便邀請她進去。

「她是誰？」馬丁覺得疑惑，這可是第一次有客人拜訪夏婆婆。

瑪莎說：「一定是夏婆婆的女兒，
瞧她笑得多開心。」

可是，馬丁和瑪莎才剛吃完早餐，這位阿姨便在門口向夏婆婆道別。馬丁說：「太快了吧。」瑪莎也說：「她進門還不到一小時。」

更奇怪的是，過了沒

多久，又有另一個叔叔提著一袋禮盒來了。

馬丁轉頭看著牆上的時鐘：「我來計時。」瑪莎忘了要聽故事，也跟著關心：「該不會又是一個小時？」

預測得沒錯，一個小時後，叔叔也離開了。

夏婆婆家怎麼了？連續來兩個人，全都只拜訪一小時，然後準時離去。

「又來了！」馬丁驚呼。瑪莎連忙跑到窗邊，也大叫：「這次有小孩。」夏婆婆家，來了一位阿姨與一個小男孩，他們陸續進門去；馬丁還聞到屋內傳來橘子蛋糕的香氣。

瑪莎很喜歡夏婆婆烤的橘子蛋糕，於是拉著馬丁：「我們也去拜訪夏婆婆。」

兩個人實在好奇，夏婆婆家今天的三組客人，究竟與她是什麼關係？家人、朋友，還是以前的同事？

馬丁搖頭：「不可能是家人。」因為，每次他們去拜訪爺爺或外公家，至少會停留一整天，一起吃頓飯、

汪！
汪！
汪！

聊天說笑。家人怎麼可能只停留一小時？

夏婆婆開門了，看見是馬丁與瑪莎，滿臉笑容的請他們進來，還向屋內的訪客介紹：「這是我的鄰居。」小男孩微微笑著，看起來有點害羞。阿姨起身說：「時間到了，我們該回去啦。」於是，馬丁與瑪莎陪著夏婆婆，又送走這一對客人。

屋內安靜下來了，連胖比也乖乖的躺在夏婆婆腳邊。馬丁問：「您家今天太熱鬧了，來了好多客人，他們是誰？」

夏婆婆收拾桌上的蛋糕盤子，回答：「我不認識。不過，看起來人都挺好的。」

瑪莎摸著捲髮：「我迷糊了！為什麼會有陌生人來您家？」

夏婆婆解釋，她加入一個「輪流當客人」的社團，大家約定好，輪流到各家當客人。

瑪莎說：「聽起來真有趣，我也想參加。我喜歡當客人，也喜歡有客人來我家。」

夏婆婆搖搖頭，說：「加入的條件很嚴格，必須經過安全審核。而且，必須是獨居，你們都沒資格。」

馬丁聽了之後不知道該說什麼，他覺得有點難過；只有瑪莎，還是大口的吃著蛋糕。

# 08 交換日記

馬丁知道夏婆婆加入「輪流當客人」後，猜測原因應該是沒有親友關心她，於是想出一個計畫。他帶著一本空白的筆記本，去拜訪夏婆婆。

「什麼？要我寫日記！」夏婆婆聽到馬丁的想法，笑得合不攏嘴。她拿出筆，在封面工整的寫上「作者：

夏婆婆」。

原來，馬丁怕夏婆婆整天在家無聊，便邀請夏婆婆每天寫一篇日記，可以打發時間。

「我們老師說，寫日記能訓練大腦記憶力以及表達能力。」馬丁引用老師的說法。

夏婆婆想了想，說：「我寫日記給誰看啊？」

馬丁解釋，日記不必給別人看。

可是夏婆婆覺得，如果不必給任何人看，那麼，有寫跟沒寫根本沒差別。

馬丁反對：「當然有差別。」

「如果要我寫日記，條件很簡單，你也要寫。然後我們每個星期六交換著看。」夏婆婆才說完，馬丁立刻大喊：「日記不可以隨便給別人看啦！」

夏婆婆笑咪咪的看著馬丁不說話。馬丁只好投降：「好吧，我也寫。反正我的日記一定很無趣：起床、上學、放學、上床，完畢。」

夏婆婆從客廳抽屜也找出一本空白筆記本，遞給馬丁：「記得星期六拿來。」

媽媽聽到馬丁的「拯救夏婆婆計畫」，結果自己也得陪著寫，笑說：「原來你救的是自己。」媽媽非常贊成這個計畫，她認為寫日記能培養耐性。

第一篇日記，馬丁寫的是：「媽媽把魚頭煎斷了，瑪莎的頭髮更捲了，我的日記寫完了。」

雖然老師示範過：「日記可以寫的範圍很廣，無論真實發生的事，還是心裡的想法都能記錄。」但是，馬丁才不想讓夏婆婆知道自己的心聲呢。馬丁猜，夏婆婆寫的日記，應該是：「烤了一個橘子蛋糕，幫胖比洗澡。」夏婆婆的生活一定比自己更單調、更無聊。

星期六，馬丁與瑪莎一早便到夏婆婆家。一面吃蛋糕，一面催夏婆婆：「我們想看您的日記。」

馬丁與夏婆婆互相打開彼此的日記，瑪莎接著問夏婆婆：「馬丁有沒有寫我的壞話？要告訴我喲。」

夏婆婆才花了兩分鐘，就把馬丁五天以來的日記讀完了。

她闔上本子，對瑪莎說：「馬丁說你的捲髮更捲了。」瑪莎轉頭看著馬丁：「這有什麼好寫的嘛。」

沒想到，馬丁卻專注在夏婆婆的日記上，看得目不轉睛，連蛋糕都忘了吃。「夏婆婆寫什麼？」瑪莎湊過去問。

「寫瑪莎的頭髮更捲了。」馬丁頭也不抬的回答。

瑪莎不滿意的說：「哼，夏婆婆才不會抄你的日記。」

馬丁看得好專心啊，彷彿正在閱讀精采的故事書。

夏婆婆的日記上不但寫得密密麻麻，還貼著雜誌上的圖片、幾張發票。看來，她花很多時間寫日記。

夏婆婆究竟寫了些什麼？瑪莎真想知道。

# 09 什麼？原來夏婆婆是……

馬丁與瑪莎就讀的學校偶而會邀請大人到各班級介紹「我的工作」，校長說，這是認識各種職業的有趣方式，可以激發大家對未來工作的想像與期待。

瑪莎說：「我將來可以演戲，演捲髮公主、捲髮老師、捲髮超人。」感謝夏婆婆當時更改劇本，讓瑪莎有

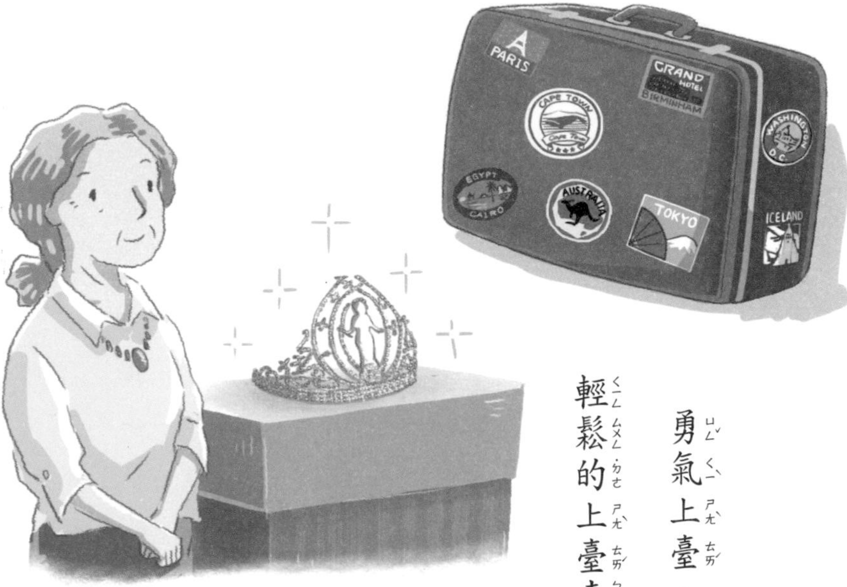


勇氣上臺，經過多次練習後，她現在已經可以輕鬆的上臺表演了。

馬丁向老師建議邀請夏婆婆來分享。因為夏婆婆曾說，她從前的工作，有「吃的、穿的、寫的、飛的，還有講個不停的」不知道會是什麼？

老師聽了，也覺得這樣的工

作內容很吸引人：「會是大主廚嗎？」

星期二上午，夏婆婆來到馬丁的班級，還拖著一個行李箱，外殼貼滿各國文字的標籤。馬丁猜想：「夏婆婆以前的工作是空中小姐吧。」

在全班同學驚呼聲中，夏婆婆從行李箱中取出的第一件物品，竟然是一頂皇冠！「您以前是貴族？」「還是女王？」小朋友緊盯著鑲滿晶亮珠子的皇冠，滿臉疑惑的問。

夏婆婆將皇冠擺在講桌上，將銀白髮絲收攏在耳後，然後笑著揭曉：「這是五十年前，我代表澳洲參加環球小姐選拔所得到的冠軍后冠。」

老師瞪大眼睛，補充說明：「也就是五十年前，夏婆婆曾經是世界上最美麗的女孩。」

全班都哇哇大叫，馬丁心裡不斷想像著——五十年前，年輕美麗的夏婆婆，站在舞臺向全世界揮手的樣子。誰能想到眼前的白髮老婆婆，曾是環球小姐。

MISS UNIVERSE

夏婆婆又陸續拿出各種讓人目不轉睛的東西：來自日本的面具、美國印第安的捕夢網、冰島的鹿角，最後還取出一組非洲的鼓，現場表演一段呢。

夏婆婆說：「當選之後，必須擔任親善大使，到世界各地參加許多公益活動，那是既新奇又充實的一年。」夏婆婆整整一年，不斷的品嘗各國美食、試穿各地特色服飾、寫雜誌專欄、搭飛機飛來飛去，還經常受

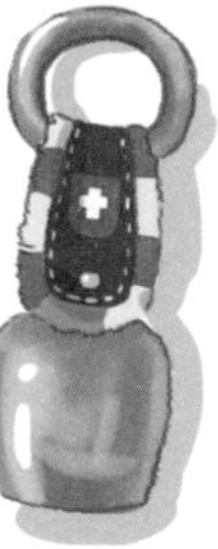

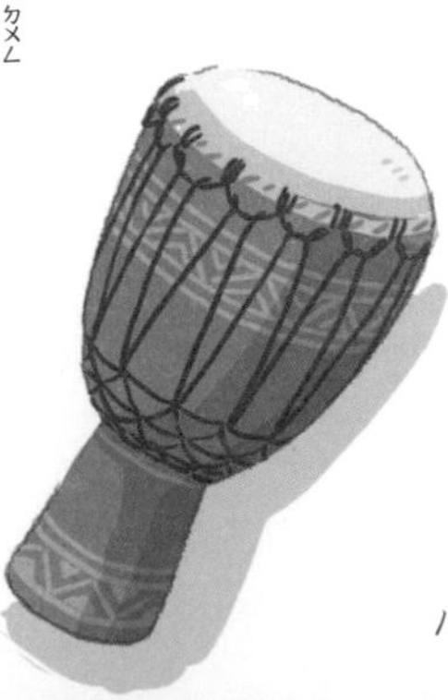

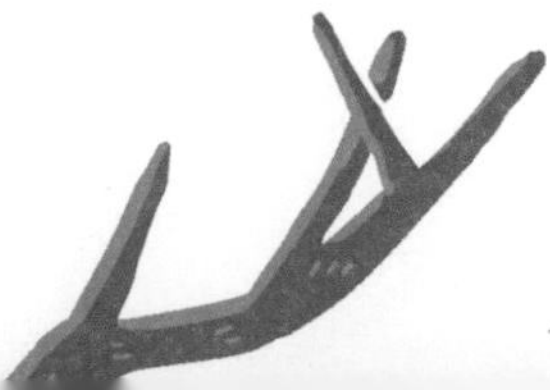

邀到各地演講。

馬丁舉手問：「在那之後，您還當選過什麼？」

全班你一言我一語，笑著替夏婆婆接話：「吃過最多種類食物的人。」「世界上最忙的人。」「火星小姐。」

夏婆婆也被逗得十分開心，她拿出一個裱著框的證書，告訴大家：「讀完研究所之後，我在一家大公司擔

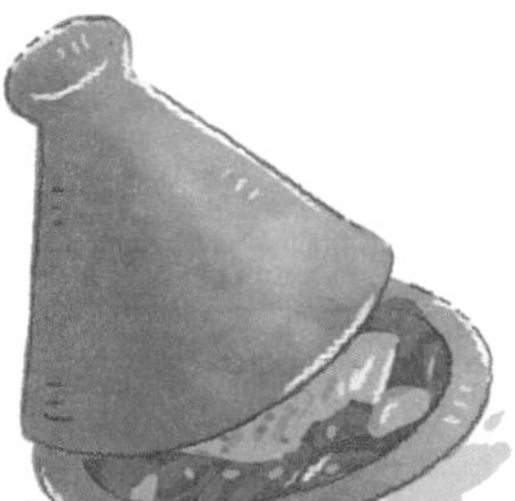

任研究員，之後與來自臺灣的長官結婚，一起到臺灣工作。退休後在圖書館當志工，這是感謝狀。」

現在，馬丁知道為什麼夏婆婆的親友不多了，原來她是澳洲華僑，親友大多在澳洲。自己一個人在臺灣獨居，不會想念有袋鼠跳來跳去的澳洲嗎？

「我已經習慣臺灣的生活。而且，我現在有新的工作——必須和馬丁交換日記，怎能離開？」夏婆婆最後拿出來的，是她的日記。

「我想看！」「有祕密嗎？」小朋友們再度驚呼。

馬丁和夏婆婆對望一眼，同時叫出聲來：「日記不能隨便給別人看啦！」

# 10 與夏婆婆的約定

馬丁知道，「倚老賣老」的意思是有些老人自認為年紀大，一定經驗豐富，所以年輕人都該聽他的；但是他覺得夏婆婆不是這樣的人，所以，該如何形容她呢？

自從聽了夏婆婆的工作介紹，知道她年輕時曾在雜誌上寫過專欄，馬丁便十分羨慕。喜歡閱讀的馬丁，想

我的鄰居 - 夏婆婆
作者：馬丁

像著如果有一天，自己寫的文章能被刊登在報紙上，被別的小朋友閱讀，那該有多好。於是，他決定寫一篇〈我的鄰居夏婆婆〉。

現在，他正煩惱著該以什麼形容詞來描述夏婆婆？

此時門鈴響了，原來是夏婆婆想邀請馬丁與瑪莎到池塘邊坐坐，享用剛烤好的橘子蛋糕。

池塘中的小魚被夏婆婆取名為「快樂」；烏龜則叫「平安」，馬丁的爸爸直誇真是好名。牠們現在一動也不動的在池中休息，看來真的平安快樂。

夏婆婆卻忽然宣布一個大消息，她要搬家了。

「不要！」瑪莎大叫，「我喜歡到您家玩。」

夏婆婆說她年紀大，準備到養老中心居住。

那裡不但風景優美，還有專業醫護人員與生活照料人員，可以幫忙一切起居。

「可是，那裡沒有平安快樂啊。」瑪莎快哭了。夏婆婆知道瑪莎指的是小魚與烏龜，也

知道其實真正的意思，並不是見不到小魚與烏龜，而是見不到馬丁與瑪莎。

夏婆婆心裡也有點難過，所以才邀兩個孩子到池塘邊來說話。

她安慰瑪莎：「養老中心有許多我的老朋友，每日三餐由營養師調配，圖書館還有電影欣賞，我也事先預約了要上書法課、舞蹈課。」夏婆婆口中的未來生活，似乎比現在一個人獨居熱鬧多了。

馬丁也摟著瑪莎，說：「我們可以請爸爸媽媽假日帶我們去拜訪夏婆婆。」瑪莎想了想，要夏婆婆保證，將來學會的每一支舞，都要教她。

「沒問題。」夏婆婆與瑪莎勾勾手約定。然後，轉頭問馬丁：「你需要我保證什麼？」

馬丁搖搖頭。

夏婆婆問：「可以答應我一件事嗎？」

馬丁點點頭。夏婆婆說：「當你偶然想起我時，就

寫一篇小日記。每寫好十二篇，就請爸爸媽媽有空時，帶你們兩個人來看我。」養老中心離馬丁家並不遠。

夏婆婆說，她也會繼續寫，到時候他們可以交換看。

馬丁喜歡這個約定。

他們帶著橘子蛋糕回家，瑪莎向媽媽報告這個消息，媽媽點點頭，說她早已知道。馬丁坐下來，看著打開的筆記本，現在，他知道該怎麼寫這篇〈我的鄰居夏婆婆〉了。

他要從閱讀夏婆婆的日記開始寫起。夏婆婆的日記啊，寫的不是懷念過去的光榮，也沒有抱怨獨居生活的苦悶。第一篇寫的是她感謝鄰居的兩個小小天使，帶給

她老年時無比的歡樂。

馬丁拿起筆，準備寫遇見了夏婆婆，也帶給自己與瑪莎無比的歡樂……

# 關懷獨居老人，就是關懷自己

◎王淑芬

2019年，某日我讀到一則新聞，大意是說：日本近年因為無子化，許多年輕人選擇不婚或不生小孩，將來的老人人口會愈來愈多，高齡化的狀態下，到處是獨居老人。有人甚至大膽預言，若是情況不改善，說不定二百年後，日本這個國家就消失了。

至於臺灣目前的狀況，也很令人不安，曾有一年，臺灣是全世界生育率最低的呢。年輕人不生小孩，意味著未來老年人比例很高；

走在臺灣各鄉村，這種情況更是明顯。根據2018年4月內政部的統計，臺灣每7人中便有一位65歲以上的老人（在亞洲地區只比日本好一點），足見臺灣已步入高齡化社會。尤其某些農村，更有「極限村落」之稱，意思是全村有一半人口是老人。

都市有沒有好一點？未必。我身邊許多單身朋友，常開玩笑：「將來老了，一起住進老人公寓吧。」雖然話說得輕鬆，不過獨居老人的問題卻是嚴肅的；面臨的可能問題——不論是沒有體力照顧自己的生活，或心靈上的空虛無依，都會是獨居老人的潛在威脅。

每個人都會老，這件事大家都知道。所以日本有種做法是：在還有體力時，先照顧別的老人，然後把服務時間登記下來，就像在銀行存款一樣，存下時間。等到自己也老到需要被照顧，就將這些服務時間「提款」出來使用。在社會福利做得不夠好時，這方法聽起來有點道理。

當然，若是還能做到鄰居之間彼此照料，那就更好了。遠親不如近鄰，當有能力時，對鄰家獨居的老人伸出援手，就算只是問候一聲、上樓梯時幫忙提一袋果菜，都能帶給獨居者無比安慰。

帶著這樣的心情，我寫下這些故事，雖說主題是關懷獨居老人，但是更擴及人與人之間，本就該互相幫忙、給出溫暖。兄妹之間、鄰居之間、老人與小孩之間……都必須如此。

書中的馬丁與瑪莎，靈感來自好友的一雙兒女。他們真的就叫「馬丁」與「瑪莎」，是中歐混血兒（父親是斯洛伐克人，母親是華人）。瑪莎有頭捲髮，有回她的媽媽轉述：「瑪莎有一次不開心，說她氣得頭髮都直了！」才三歲的小孩，說出這麼可愛的形容真是太有趣了。我當下就想：獨特的捲髮、活潑俏皮的個性，作為書中主角再適合不過。

請看照片中與我合照的兄妹兩人，就是這本書的靈感來源。

至於獨居的夏婆婆搬到養老院以後，會怎麼樣？過得好不好？或許，大小讀者真的可以找機會與身邊的長者們聊聊。別忘了，有一天，你我也都會老。

# 溫情滿人間

◎梁晨／斯洛伐克經濟文化辦事處代表夫人

第一次拜讀淑芬老師的新作《馬丁、瑪莎，還有夏婆婆》是在《國語日報》的兒童文學版面上。文中那對性格鮮活的兄妹——馬丁和瑪莎，正巧是我一雙兒女的名字。故事的標題讓我會心一笑，心中充滿好奇和期待；在向來以「巧手巧思」著稱的淑芬老師的筆下，馬丁和瑪莎會有怎樣好玩、有趣的經歷呢？

我一口氣讀完了這篇故事，就像在寒冬喝下一碗香濃的參湯，滿心洋溢著暖意。再仰望頭頂的藍天白雲，竟也覺得分外美好。這就是傳說中讀好書給人「如沐春風」的喜悅之情吧！全篇故事像一幅溫馨、美好的畫卷拼圖，由十個小片段組成。每讀完一段，文中主人公的形象越發顯得豐滿親切。

開篇「深藏不露」的鄰居夏婆婆讓馬丁和瑪莎兄妹倆覺得十分神祕，馬丁甚至用剛學會的「倚老賣老」來形容她。隨著鄰里接觸的深入，文中多次出現非常溫馨的老少互動場景，例如，夏婆婆與孩子們在月光下悄悄細語，分享自己兒時的美好回憶；兄妹倆到夏婆婆家去做客，品嘗她親手烘焙的蛋糕，共同完成了訪談功課。慢慢的，馬丁、瑪莎與夏婆婆的交情變得越來越深厚，馬丁開始自發的惦念、關心夏婆婆獨居的生活，發起了「拯救夏婆婆計畫」，一老一小互換日記，這一段讀來令人忍俊不禁。而夏婆婆也一直在關注兄妹倆的成長，兩次暗暗出手相助，圓了馬丁和瑪莎各自心中的願望和夢想。

文中的結尾讓人大吃一驚，原來夏婆婆有過這樣一段不平凡的人生歷程！這一點與「每一位老人都是一部歷史」的說法不謀而合。全文中此起彼伏的童言童語妙趣橫生，引人發笑；故事所表達的對獨居老人的情感關懷卻引人深思。

不論親朋好友還是萍水相逢的陌生人，人與人之間發自肺腑的情誼千金難買。《馬丁、瑪莎，還有夏婆婆》的故事不僅充滿了歡聲笑語和默默溫情，字裡行間還隱隱流動著一股教人向善的暖流。

「愛如一炬之火，萬火引之，其火如故。」今日白髮如雪的老人們，就是明天、後天的我們，推己及人，我們都該多多關心、愛護並且善待自己身邊的「銀髮寶」，畢竟，被歲月滄桑漂染的滿頭白髮都值得被深深尊重！

國家圖書館出版品預行編目資料

馬丁、瑪莎，還有夏婆婆／王淑芬文；許珮淨圖.
-- 初版 . -- 臺北市：幼獅，2020.01 -
冊； 公分. --（故事館；67-）

ISBN 978-986-449-178-0 （平裝）

863.59 108017405

故事館067

# 馬丁、瑪莎，還有夏婆婆

作　　者＝王淑芬
繪　　者＝許珮淨
出 版 者＝幼獅文化事業股份有限公司
發 行 人＝李鍾桂
總 經 理＝王華金
總 編 輯＝林碧琪
編　　輯＝韓桂蘭、謝杏旻
美術編輯＝李祥銘
總 公 司＝10045臺北市重慶南路1段66-1號3樓
電　　話＝(02)2311-2832
傳　　真＝(02)2311-5368
郵政劃撥＝00033368

印　刷＝祥新印刷股份有限公司
定　價＝260元
港　幣＝87元
初　版＝2020.01
書　號＝984246

幼獅樂讀網
http://www.youth.com.tw
e-mail:customer@youth.com.tw
幼獅購物網
http://shopping.youth.com.tw/

行政院新聞局核准登記證局版臺業字第0143號